@infinity6ix

卷六

南宋的
商業間諜

SAGEBOOKS
HONG KONG

自太古時代，
　經歷了多少改朝換代、滄海桑田，
　　然後……

　　　沉寂着的黑暗力量，
　　　　出現了蠕動的跡象。

在廣闊無邊的穹蒼，

星宿時離時合，

閃着謎一樣的訊號。

十八顆沉睡中的星星，
依然無聲地在等待⋯⋯

土之編
話說……

雙生兄妹治尚、治言穿梭時空，救了外星人米藍一命。

同時，一連串的怪異事件先後發生。羽軍、阿特、存美、Teddy、治言和治尚六位身懷特技的小學生克服猜忌、排除困難，逐一解

開疑團，更彼此成為好朋友。

正當大家以為功德圓滿，相聚一起要慶祝的時候，出現了新的情報。他們感受到一股陰森的力量正向着他們而來……

誰是誰

zhì shàng
治尚

能穿越時空
富科學知識

zhāng jìn
張進

張家村男孩

huáng dào
黃道
南宋養蠶
及紡織家

rěn zhě
忍者
在海邊被發現
的小烏龜

時間線 TIMELINE

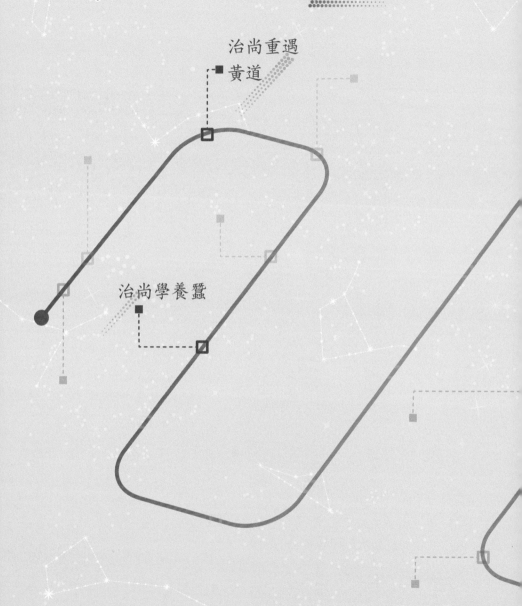

治尚重遇
黃道

治尚學養蠶

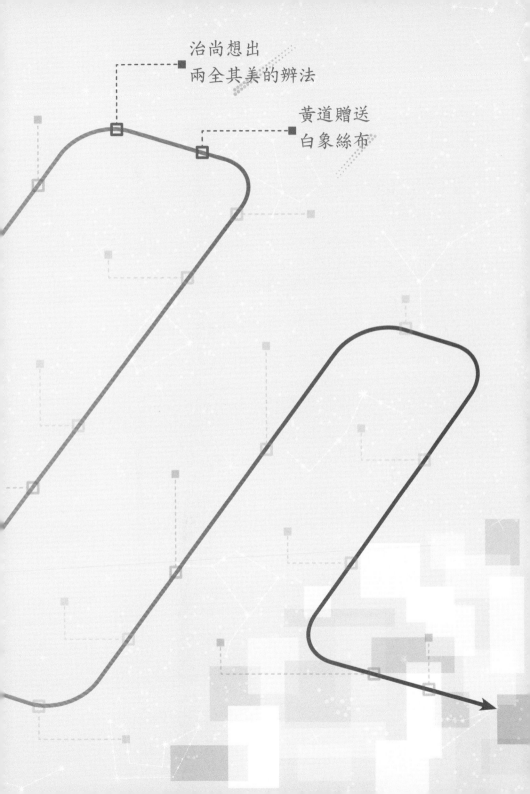

治尚想出
兩全其美的辦法

黃道贈送
白象絲布

第壹章

治尚張開
眼睛，左右看
了看四周。

他身處於一個很特別的
房間。這房間只有一個小
窗，有一點點光從窗外照進
來。

四周沒有人，從木門和
房間裏的東西看來，他知道
自己是回到了南宋。

治尚好奇地去察看房間

裏的東西，發現原來這是一
個養蠶的地方，到處放滿了
一盤一盤的蠶寶寶。其中一
盤的蠶寶寶還正在吐着絲。

　　原來我到了南宋做衣服
的工廠呀，治尚心想。

治尚看着蠶寶寶在葉子上爬呀爬，看起來好玩極了。有的蠶寶寶從葉子的邊上一口一口地吃着，一下

子，一大張的葉子就被吃
完了。

那麼小的身體居然能吃
下那麼大一張葉子呀，治尚
心想。

治尚好想抓一條回去給
治言看看，可是他怕會傷到

7

蠶寶寶。最後，他想：還是算了吧。

他拿出手機，拍下了好多蠶寶寶可愛的動作，又再看了一會兒，就推門出去了。

外面正大白天。

治尚發現自己在一個大院子裏。他好奇地一邊到處走，一邊東張西望。

就在這時，他聽見身後有一個女孩子的聲音：「真的是你嗎？」

治尚回頭一看，是一個年輕的姑娘，有些認得的感覺，好像在哪裏見過了，難道是……

治尚忍不住地說：「你長大了許多……」

那女孩也問：「你怎麼沒有長大？」

兩個人就這樣同時開口，又同時停了下來。

「我⋯⋯我也長大了，」治尚有點難為情地抓抓頭，「只是沒有你長得那麼多。」

「你其實是甚麼人？」

「我叫治尚，是⋯⋯二十一世紀的人。」治尚告訴她，「你⋯⋯別對其他人說。」

「二十一世紀在哪條村？我怎麼沒聽過？」

治尚心想，說了只怕她也不明白吧。他問女孩：「你呢？你叫甚麼名字？」

「我叫黃道。」

「你在這裏的生活好不好？」

「這裏的人讓我住了下來，還教我怎樣養蠶。我學到了很多東西，有了工作，也有了朋友，所以我的生活很好。」黃道又對治尚說，「這一切都還得要感謝你。」

「啊？哪裏……哪裏……」治尚的臉紅了。

「小烏龜長大了呢，我還給它起了個名字。」

「是嗎？」治尚其實早就忘記烏龜的事了。

「小烏龜的
名字叫忍者。」

「咦？」

「我們活着總有許多不
如意的事呀，」黃道看着
天，慢慢地說，「我們只能

一邊忍，一邊活下去。」

　　治尚看着黃道，心想：怎麼跟戲裏面的人說的一樣？我們的世界才不是這麼回事呢。

可是，他嘴上只說：
「你的工作是甚麼？我好想
去看看。」

「好，你跟我來吧。」

第貳章

一個下午下來，治尚看到了剛出生的蠶寶寶，也看到了長大了會吐絲的蠶寶寶。

治尚在一邊玩着蠶寶寶；黃道在一邊忙着清理蠶寶寶的住所，接着又把新鮮的葉子給蠶寶寶吃，還要觀察它們吐絲的樣子。

「養蠶抽絲的故事我在學校裏聽是聽過，可是從來

沒見過。」治尚對黃道說，
「你會抽絲嗎？」

「這裏的人誰都會呀。」
黃道笑着說，「來，我做給
你看。」

他們來到一個放滿了一
盤盤蠶球的角落。

黃道往盤內看了看，眼明手快地找出了幾條絲頭，接着就抽起絲來了。

「太神奇了！」治尚輕聲地叫起來。他實在是大開眼界了。

就在這時，一條絲忽然

斷了。

「咦？」治尚用眼睛問黃道。

黃道告訴治尚：「大家

都不知道為甚麼，最近經常出現這個問題，許多絲會斷，織出來的布也沒有以前的那麼好看了。」

黃道邊說着，邊拿出一匹布給治尚看。治尚看着那

光_{guāng}亮_{liàng}的_{de}絲_{sī}布_{bù}，忍_{rěn}不_{bù}住_{zhù}說_{shuō}：

「好_{hǎo}美_{měi}呀_{ya}！」

「這_{zhè}裏_{lǐ}織_{zhī}的_{de}絲_{sī}布_{bù}很_{hěn}受_{shòu}大_{dà}家_{jiā}喜_{xǐ}愛_{ài}，外_{wài}地_{dì}人_{rén}也_{yě}會_{huì}來_{lái}買_{mǎi}，所_{suǒ}以_{yǐ}我_{wǒ}們_{men}的_{de}生_{shēng}意_{yì}很_{hěn}好_{hǎo}。」黃_{huáng}

道的語氣中帶着一絲得意。

治尚看着絲布，心裏給
黃道打了個一百分。他心
想：原來南宋的女孩能力就

已經很高了，用不着等到二
十一世紀。

　　「可是，」黃道接着又
說，「因為最近經常會斷
絲，所以我們的工作慢了，
絲布的成品也沒以前的好。」

黃道說着，看了看天，問治尚：「天快黑了，你要回家了嗎？」

「我們現在學校放假，明天不用上學，我今天可以不回家。」

「甚麼真的假的？」

「放假……就是指休息。」治尚說，「今晚你就讓我跟蠶寶寶一起睡吧。」

晚上，治尚睡在蠶寶寶房間的一角。他一時睡不着，張着眼睛想：

為甚麼黃道她們最近的蠶絲
會斷呢？

　　他想起從小就聽爸爸媽
媽說的：要想身體好、氣色
好、學習好的話，最重要
的是兩件事──吃東西和休
息。難道，蠶寶寶在這兩方

面出了問題？

　　就在這時，他聽見聲音，有人輕輕地推門進來了。

治尚在一角，一動也不動，那個人沒看見他。

治尚只見他走到一邊，不知道做了些甚麼。過了一會兒，那個人又走了。

第 參 章

第二天，
治尚將他心中
的想法告訴了
黃道。

「好，」黃道說，「那
我今天就去選上好的葉子。」

「我們還要想方法把晚間蠶房的氣溫提高，」治尚說，「尤其到了晚上，冷空氣會傷害到蠶。」

「咦？你還會養蠶？」黃道覺得治尚好神奇，甚麼都行，甚麼都會。

「我不會啦⋯⋯只是昨天晚上我 Google 了一下。」

「古甚麼？」黃道有時就是聽不明白治尚說的話。

「Google⋯⋯是我的補習老師啦。」治尚在心裏想呀想，才找到了個說法。

「補習是甚麼？」

「⋯⋯」治尚抓着頭，一時想不出說法了。

兩個人分頭行事，為蠶寶寶操勞起來了。幾天下來，蠶寶寶看上去吃得開心，睡得安樂。

可是，到了第四天早上，很多蠶寶寶忽然變了

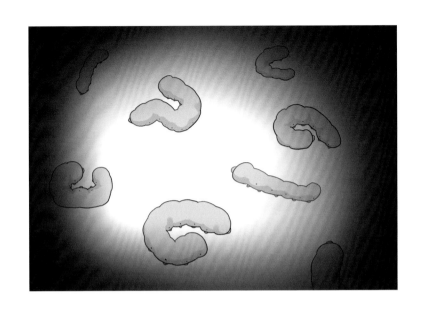

樣，居然還一條一條地死去
了。

怎麼回事？大家都感到
太意外了，難道是有甚麼神

怪的力量嗎？

不少工人都紛紛請神去了。

黃道苦着臉說：

「蠶沒有了，那絲也就沒有了。前幾天有個很重要

的客人說好下個月要五十四布，要是我們到時候交不出，問題就大了。」

她接着又說：

「要是我們的生意壞了，那麼很多工人和他們的家人的生活就都會變得有困難的。」

治尚覺得一定要幫黃道，幫大家。他覺得這件事有點古怪，因為一點科學的

道理都沒有。

他裏裏外外、左左右右，小心地觀察出事的那幾

個盤子，發現裏面的葉子有點古怪：不但顏色不一樣，而且還有水。

看樣子，是有人存心要傷害蠶寶寶。

直覺告訴治尚，很有可能是黃道他們的行家對手，

眼紅他們的生意，所以故意破壞。

當天晚上，治尚藏身於養蠶房中，一心要抓到壞人。

第肆章

到了三更時分，治尚聽到聲音：果然又有人推門進來了。

那個人的個子不高，而且手腳輕，看上去像個年輕人。

他手裏拿着一大包的葉子，眼看就要放進蠶盤裏。

治尚忍不住站了起來，把大門關上不讓那個人跑，

然後高聲地叫：「你別想再傷害它們了。」

大家聽見聲音，都紛紛趕了過來。在火光下，看見

那是一個十三四歲左右的男孩。

那男孩一下子給嚇着了，抱着一大包的葉子，站在那裏，不動也不說話。

黄道看着他，説：「我
認得你，你是張家村茶店裏
的張進。你拿着的那一包是
茶葉嗎？你要用茶葉來傷害
我們的蠶？」

聽黃道這樣一說，大家都生氣了。

「甚麼？原來張家村的人那麼壞？」

「小小年紀居然做出這種壞事！」

「把他抓起來！」

治尚連忙站出來對大家說：「我們還是先問個明白吧。」

他向張進問：「你為甚麼走那麼遠的路，半夜到這裏來破壞呢？」

<ruby>張<rt>zhāng</rt></ruby><ruby>進<rt>jìn</rt></ruby>
<ruby>咬<rt>yǎo</rt></ruby><ruby>着<rt>zhe</rt></ruby><ruby>嘴<rt>zuǐ</rt></ruby>，
<ruby>看<rt>kàn</rt></ruby><ruby>着<rt>zhe</rt></ruby><ruby>自<rt>zì</rt></ruby><ruby>己<rt>jǐ</rt></ruby>
<ruby>面<rt>miàn</rt></ruby><ruby>前<rt>qián</rt></ruby><ruby>的<rt>de</rt></ruby><ruby>這<rt>zhè</rt></ruby><ruby>一<rt>yī</rt></ruby><ruby>群<rt>qún</rt></ruby><ruby>人<rt>rén</rt></ruby>，<ruby>甚<rt>shén</rt></ruby><ruby>麼<rt>me</rt></ruby><ruby>都<rt>dōu</rt></ruby><ruby>不<rt>bù</rt></ruby>
<ruby>說<rt>shuō</rt></ruby>。

<ruby>黃<rt>huáng</rt></ruby><ruby>道<rt>dào</rt></ruby><ruby>走<rt>zǒu</rt></ruby><ruby>過<rt>guò</rt></ruby><ruby>去<rt>qù</rt></ruby>，<ruby>溫<rt>wēn</rt></ruby><ruby>和<rt>hé</rt></ruby><ruby>地<rt>de</rt></ruby><ruby>對<rt>duì</rt></ruby>
<ruby>他<rt>tā</rt></ruby><ruby>說<rt>shuō</rt></ruby>：「<ruby>我<rt>wǒ</rt></ruby><ruby>們<rt>men</rt></ruby><ruby>和<rt>hé</rt></ruby><ruby>你<rt>nǐ</rt></ruby><ruby>們<rt>men</rt></ruby><ruby>張<rt>zhāng</rt></ruby><ruby>家<rt>jiā</rt></ruby><ruby>村<rt>cūn</rt></ruby>

算是鄰居，而且向來關係都很好。難道是我們有甚麼地方做得不對，所以你們要來害我們？」

「你們……你們的布生意做得很好，大家都到你們村來買布，」張進忍不住

說，「再也沒有人來張家村了，我們的茶店和其他店都沒有生意了。我家的茶……都賣不出去了，我娘也生病了……」

張進說着說着，哭

了起來。

大家聽了張進的話，慢慢地都不生氣了。

但是，布生意對黃道他們的生活也很重要，不能為了張家村而不做買賣。不

過，張家村又該怎麼辦呢？
大家一下子也想不出甚麼辦
法。

第伍章

治尚站出來對大家說：「我想到一個兩全其美的辦法。」

治尚雖然年紀小小，又身穿古怪的衣服，但在他那

自信的神情下，大家都不期然地對他有種信服的感覺。

所有的眼睛都看向他，大家的眼神都在請他說下去。

治尚指着張進的茶葉說：「張家村的茶葉是一級

<ruby>的<rt>de</rt></ruby><ruby>茶<rt>chá</rt></ruby><ruby>葉<rt>yè</rt></ruby>。」

　　<ruby>他<rt>tā</rt></ruby><ruby>接<rt>jiē</rt></ruby><ruby>着<rt>zhe</rt></ruby><ruby>又<rt>yòu</rt></ruby><ruby>指<rt>zhǐ</rt></ruby><ruby>着<rt>zhe</rt></ruby><ruby>黃<rt>huáng</rt></ruby><ruby>道<rt>dào</rt></ruby><ruby>抱<rt>bào</rt></ruby><ruby>着<rt>zhe</rt></ruby><ruby>的<rt>de</rt></ruby><ruby>那<rt>nà</rt></ruby><ruby>匹<rt>pǐ</rt></ruby><ruby>布<rt>bù</rt></ruby><ruby>說<rt>shuō</rt></ruby>：「<ruby>這<rt>zhè</rt></ruby><ruby>裏<rt>lǐ</rt></ruby><ruby>出<rt>chū</rt></ruby><ruby>的<rt>de</rt></ruby><ruby>布<rt>bù</rt></ruby><ruby>又<rt>yòu</rt></ruby><ruby>是<rt>shì</rt></ruby><ruby>一<rt>yī</rt></ruby><ruby>級<rt>jí</rt></ruby><ruby>的<rt>de</rt></ruby><ruby>絲<rt>sī</rt></ruby><ruby>布<rt>bù</rt></ruby>。」

大家都紛紛點頭，認同
他的說法。

治尚便說下去：

「所以，你們大可以來
一個以物換物，定好每個月
以絲布換茶葉的數量。這
樣，來買布的客人就有了上

好的茶喝。」

他又對張進說：「你們有了這些絲布，可以做出不同的小香包、小禮品，肯定也有很多人會來買。這樣，大家的生意不就都能好起來了嗎？」

「啊！」大家的眼神都亮起來了，紛紛說，「真是一個好方法。」

「那我回去和村裏面的人說，大家一定會同意的。」張進說，「我們村的姑娘手工非常好，肯定能做出很多大家都喜歡的禮品。」

「那就太好了！」黃道上前對張進說，「這匹布就

先送給你，當是換你這次帶來的那包茶葉吧。」

張進紅着臉說：「對不起……其實我一點都不想傷害蠶寶寶。」

黃道回過身對治尚說：

「<ruby>這<rt>zhè</rt></ruby><ruby>次<rt>cì</rt></ruby><ruby>你<rt>nǐ</rt></ruby><ruby>不<rt>bú</rt></ruby><ruby>但<rt>dàn</rt></ruby><ruby>幫<rt>bāng</rt></ruby><ruby>了<rt>le</rt></ruby><ruby>我<rt>wǒ</rt></ruby>，<ruby>還<rt>hái</rt></ruby><ruby>幫<rt>bāng</rt></ruby><ruby>了<rt>le</rt></ruby><ruby>大<rt>dà</rt></ruby><ruby>家<rt>jiā</rt></ruby>，<ruby>太<rt>tài</rt></ruby><ruby>感<rt>gǎn</rt></ruby><ruby>謝<rt>xiè</rt></ruby><ruby>你<rt>nǐ</rt></ruby><ruby>了<rt>le</rt></ruby>！」

「<ruby>啊<rt>a</rt></ruby>……<ruby>沒<rt>méi</rt></ruby>、<ruby>沒<rt>méi</rt></ruby><ruby>甚<rt>shén</rt></ruby><ruby>麼<rt>me</rt></ruby><ruby>啦<rt>la</rt></ruby>……」<ruby>治<rt>zhì</rt></ruby><ruby>尚<rt>shàng</rt></ruby><ruby>一<rt>yī</rt></ruby><ruby>直<rt>zhí</rt></ruby><ruby>最<rt>zuì</rt></ruby><ruby>怕<rt>pà</rt></ruby><ruby>別<rt>bié</rt></ruby><ruby>人<rt>rén</rt></ruby>

gǎn xiè tā le
感謝他了。

tā zài xīn lǐ tǔ le kǒu qì zhōng
他在心裏吐了口氣，終
yú méi shì le tā yě jiù fàng xīn le
於沒事了，他也就放心了。

黃道說：「今後我做事也一定會往大處想，盡量要讓最多的人得利。」

「好！我對你非常有信心！」治尚高興地張開五隻手指向着黃道。

huáng dào kàn zhe tā de shǒu liǎn shàng
黃道看着他的手，臉上
mǎn shì wèn hào
滿是問號。

à zhì shàng lián máng shōu huí
「啊！」治尚連忙收回

手。他心裏想：要是阿特，就會和我 high-five 呢。

過了兩天，治尚向黃道告別。

黃道將一匹布送給他，對他說：「這是用我們最新

的織布法織出來的，請你收
下！」

「謝謝你！」

　　治尚回來了二十一世紀，回到了家裏。他進到自己的房間，打開布匹……

　　在美麗的絲布上織着一頭潔白的大象，平和的臉上帶着笑。

就在這時，治言推開了治尚的房門：「你終於回來啦！」

治尚看見治言一臉的不高興，問她：「出甚麼事啦？」

「大件事！我一定要讓

大家明白真相，清醒過來！
你也要幫忙啊！」

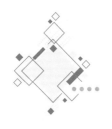

卷六・完

一些新相識的字

第一章

養	蠶	盤	寶	吐	絲	紀	活
切	咦						

第二章

觀	抽	斷	織	布	匹	品	休
息							

第三章

選　溫　提　尤　害　紛　且

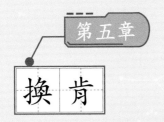

第五章

換　肯

Created and written by
劉俐 Lucia L Lau

ISBN: 978-988-8517-89-3

@infinity6ix

2024年4月 第一版
思展圖書：香港荃灣海盛路11號 One Midtown 9 樓15 室
First edition, April 2024
Sagebooks Hongkong: Room 15, 9/F, One Midtown, 11 Hoi Shing Road,
Tsuen Wan, Hong Kong.
https://sagebookshk.com